ENTREZ,
C'EST
OUVERT !

ENTREZ, C'EST OUVERT !

Ceddrik Arquier

Dernières relecture et corrections, 2021, Ceddrik Arquier

photos 4ᵉ de couv. : **Marie Cardonne (@paraknops)**

Personnages :

Martin

Théa

Marine

Édouard

Laurence

L'Homme en costard avec une petite moustache

PRÉLIMINAIRES

INTRODUCTIFS

Un homme en costard avec une petite moustache entre sur scène, éclairé par une poursuite. Une musique très élégante et un peu triste. L'homme parle d'une voix très grave, en rajoute sur le côté tragique.

L'HOMME EN COSTARD AVEC UNE PETITE MOUSTACHE

Bonsoir. Vous allez assister à une pièce de théâtre. Un drame social contemporain, traitant avec gravité des passions, des marasmes et des déboires tragiques de jeunes adultes cherchant le bonheur dans ce monde dramatiquement sourd à nos pleurs et à nos douleurs. Devant vous, seront exposées sans pudeur les joies, les jouissances, les trahisons, les coups de sort d'une poignée de jeunes personnes, victimes de leur beauté, de leur jeunesse et de leurs passions.

Un coup de tonnerre ponctue la fin de son texte. Il sort.

NOIR

ACTE I

Scène 1

La lumière se fait, Martin entre, en pyjama, l'air de se réveiller. Il se dirige vers la table haute et s'assied sur un tabouret haut. Il semble perplexe, regarde le public.

MARTIN

(s'adressant directement au public, en décrochant complètement de son rôle) Euh… Il vous a pas dit ? Le mec qui vient de sortir, là… Ouais, c'est l'auteur de la pièce, il trouve ça « hitchcockien », de faire un petit speech au début… Bref, il vous a pas dit que son « drame social », c'était un vaudeville ? Ouais, il se la pète « drame social contemporain », tout ça, mais en fait, c'est un vaudeville, sa pièce… *(un temps)* Non, mais du coup, quand un personnage entre, on l'applaudit, quoi. Ben, normal, c'est un vaudeville, c'est… la convention… Non, mais je dis ça… c'est parce que… en fait, je viens d'entrer, quoi…

Il insiste tant que les applaudissements ne viennent pas.

MARTIN

(aux premiers applaudissements) Ah, voilà, il y en a qui ont compris, merci… Bon, on va pouvoir commencer, maintenant. *(il regarde sur la table)* Ah, merde, j'ai oublié mon accessoire, moi…

Il sort et re-rentre avec une théière. Il marque l'arrêt dès qu'il est entré, regarde le public.

MARTIN

(si le public applaudit) Merci, c'est gentil, mais la première fois, ça suffit, normalement. Vous êtes pas habitués à aller au théâtre, vous, hein… C'est pas grave, ça va bien se passer.

Il retourne s'asseoir, reprend son personnage (donc fatigué) et sert du thé dans les deux bols. Ou les deux mugs. Il remue machinalement celui qui est devant lui. On entend la sonnette.

MARTIN

Entrez, c'est ouvert ! *(marquant la liaison, « c'est T-ouvert »)*

Entre Édouard. L'allure d'un fils de très bonne famille. Costard. Peut-être plus jeune que Martin. Il marque l'arrêt dès qu'il est entré et réagit selon le comportement du public.

ÉDOUARD

(si le public n'applaudit pas) Tu leur as dit, pour les applaudissements ?

MARTIN

Ben oui…

ÉDOUARD

Ben alors ? *(attend les applaudissements, puis, raccroche à son personnage)* Bonjour, Martin, comment vas-tu ?

*Si les applaudissements viennent naturellement,
improviser différemment l'entrée d'Édouard.*

MARTIN

Bonjour, Édouard, ça va très bien, merci ! Vous êtes
bien matinal, qu'est-ce qui vous amène ?

ÉDOUARD

Je voulais voir si tu étais toujours vivant, je ne t'ai
pas vu, hier, à la manifestation. Tu m'avais pourtant
bien dit que tu viendrais…

MARTIN

La manif…? Oh, borde… euh, mince, mince, la
manifestation, j'avais complètement oublié ! *(un
temps)* Comment ça s'est passé ?

ÉDOUARD

Très bien, très bien, les forces de l'ordre ont été bien
aimables, à tenir à distance les quelques excités qui
nous lançaient des insultes, tout s'est déroulé dans
une très bonne ambiance, je pense vraiment que
nous avons été entendus… Plaise à dieu, l'abolition
n'est plus très loin, je peux te le garantir ! J'espère
bien que tu n'oublieras pas la prochaine fois… On
ne sait jamais, ça pourrait bien être la dernière !
(rigole bêtement)

MARTIN

Oui, oui, promis, vous savez bien que la cause
m'est… importante à moi aussi…

ÉDOUARD

Ah, que voilà un bon garçon… Brave Martin… Quand je pense à tous ces pauvres bébés sacrifiés à cause de cette loi diabolique… *(s'énerve)* Il est du devoir de tout bon chrétien de se soucier d'un tel génocide perpétré sur notre sol ! Que cette pécheresse de Simone Veil aille brûler en enfer, elle et son avortement de malheur ! Fiez-vous à une israélite, tiens ! Ils en connaissent un rayon, en génocide, ça, c'est certain !

MARTIN

Oui, oui, c'est certain, Édouard… Mais calmez-vous, asseyez-vous, vous voulez un thé ?

Édouard s'assied sur le canapé, en restant bien droit.

ÉDOUARD

Non, merci, c'est gentil, mais je ne resterai pas, c'est une simple visite de courtoisie… Pardon pour mon emportement… Comment s'est passé ton samedi, alors ?

MARTIN

Oh, c'était très calme, je suis resté chez moi, fuyant le mauvais temps…

ÉDOUARD

Oh, ça c'est vrai qu'il ne faisait pas chaud. Tu n'as donc vu personne ?

MARTIN

Non, non, j'ai préféré rester tranquille, à me reposer…

ÉDOUARD

(air complice) Tu t'es encore adonné à tes jeux vidéos, n'est-ce pas ? Quel grand enfant ! Je ne comprendrai jamais ce que tu trouves à tout ce monde virtuel, mais enfin, si tu t'y amuses…

MARTIN

(prenant son verre d'un air songeur, souriant) Oui, c'est vrai, je le reconnais, je… je me suis bien amusé…

Entrée de Théa. Porte une chemise de mec trop grande pour elle, de grosses chaussettes roulées sur ses chevilles. Jambes nues. Décoiffée. Sexy, quoi. L'air de se réveiller aussi. Jeu avec les applaudissements. Édouard reste figé en la voyant.

THÉA

(en entrant) Martin ? À qui tu parles ? *(voyant Édouard)* Oh, pardon, bonjour. Théa.

Elle se dirige vers lui pour lui faire la bise, il lui tend la main, très raide, elle la serre. Édouard reste interloqué. En fond, Théa teste son haleine pour comprendre pourquoi Édouard a refusé sa bise.

ÉDOUARD

Mais… Martin ? Tu as une fiancée ?

MARTIN

(crachant le verre qu'il buvait) Fiancée ?!

THÉA

(regardant Martin d'un air effrayé, en même temps)
Fiancée ?!

MARTIN

Oh la, oh la, non, non, on s'est rencontré hiiiie(r)…
(ne finit pas son mot, en se rendant compte qu'Édouard écarquille les yeux, et cherche comment embrayer sur un autre mot que « hier ») … iiiil y a trois mois !

THÉA

(toussant) Pardon ?!

ÉDOUARD

(soulagé et amusé) Et en trois mois, tu n'as pas trouvé le temps de faire ta demande ?

THÉA

(s'étouffant) Quoi ?!

ÉDOUARD

Et en trois mois, tu n'as pas trouvé le temps de m'en parler ?

MARTIN

Et bien, je voulais… Je voulais…

THÉA

(air fâché) Et bien, Martin ? Ton ami a raison, qu'attendais-tu ? Et quand est-ce que je vais avoir ma bague ? Trois mois que je n'attends que ça !

Martin est désespéré qu'elle s'y mette aussi et surjoue un peu.

MARTIN

Non, mais… Édouard, j'attendais que ce soit le bon moment, je voulais vous le dire, bien sûr…

ÉDOUARD

Sacré Martin, dis plutôt que tu es un gros timide !

THÉA

(à Édouard) Du coup, je suppose qu'il ne t'a même pas expliqué qu'on essaie d'avoir un enfant ?

Édouard perd sa contenance et sa bonhomie d'un seul coup. Martin se décompose.

ÉDOUARD

QUOI ?! Avant le mariage ?! Seigneur !

MARTIN

Aaaah, non, non, ne vous en faites pas, elle plaisante, elle est très taquine, héhéhé…

THÉA

Bien sûr que je plaisante ! … On met des capotes !

Édouard reste sans voix.

MARTIN

AAAAH ! Voyons, ne le taquine donc pas comme ça, ha ha ha… Bon, ma… euh, ma *chérie*, maintenant que tu es debout, on va pouvoir petit-déjeuner, n'est-ce pas…

Il la pousse vers la table.

THÉA

(air toujours pas commode) Tout à fait, *m'amour*...
Et après, nous pourrons peut-être reprendre cette
passionnante lecture des passages de la bible
concernant l'engagement marital !

ÉDOUARD

(reprenant sa bonne humeur) Ah, oui, fabuleux, je
peux vous conseiller, si vous le souhaitez...

MARTIN

Ne le prenez pas mal, Édouard, mais il est tôt,
comme vous le voyez, nous nous levons à peine, j'ai
un peu honte de me présenter devant vous dans
cette tenue...

ÉDOUARD

Oui, oui, pardon, je vous laisse profiter de votre
dimanche en amoureux.

*Il reste sans bouger, alors Martin le raccompagne
sans trop le brusquer vers la sortie. Théa s'assoit et
commence à manger.*

ÉDOUARD

(en sortant) Allez, passez une bonne journée. Je te
vois demain, Martin... Dis, tu as pensé à qui tu
prendras, comme témoin ? Ne me parle pas de
Vivien, surtout, hein...

Scène 2

En revenant, Martin s'arrête un instant, l'air désespéré. Théa mange et parle en mangeant, bouche pleine.

THÉA

Je te remercie pour cette reconstitution de *Jurassic Park*, de bon matin ! Ça réveille, de trouver un animal préhistorique dans le salon en se levant ! *(après avoir avalé)* C'est qui, ce connard ?

MARTIN

C'est mon supérieur au bureau…

THÉA

Ben super ! Il me tarde de le connaître mieux que ça ! J'espère vraiment que ça sera lui ton témoin, à notre mariage !

MARTIN

Arrête, c'est pas si simple…

THÉA

Qu'est-ce qui n'est pas si simple ? Pour qui il te prend ?

MARTIN

Je l'ai croisé un jour dans une manif contre le mariage gay…

THÉA

Tu étais dans ces manifs ? Toi ?

MARTIN

Mais non, même pas, je me baladais sans y penser et je suis tombé sur leur cortège… et il était là… Tellement content que j'y sois aussi…

THÉA

Et du coup, tu l'as suivi ?

MARTIN

Jusqu'à la fin de la manif… J'ai pas voulu le contrarier… Mais le lendemain, il s'était arrangé pour me faire avoir une promotion ! Avec une grosse augmentation !

THÉA

Ah, ben oui, forcément, je suppose qu'après ça, tu n'as plus eu envie de le contrarier…

MARTIN

Tu n'as pas idée de l'augmentation qu'il m'a fait avoir !

THÉA

Ah, ben j'imagine qu'une augmentation qui achète la fierté et les convictions d'un homme comme toi, ça va chercher dans les… au moins… 35€ !

MARTIN

Fous-toi de ma gueule… N'empêche que depuis, il me traite comme son protégé, et j'ai un salaire de fou… Et tu peux pas dire que ça te déplaît…

THÉA

Oui, oui, tu m'as éblouie avec ton salaire, c'est ça… *(jetant ce qu'elle mangeait sur la table)* Tu me

saoules, j'ai plus faim, je vais prendre une douche et je me casse. *(en s'éloignant, prenant un ton exagérément snob)* Je t'emprunte une serviette de soie brodée dans ton meuble en cristal d'Orient…

Elle sort.

MARTIN

(singeant Théa en mangeant sa tartine) Nia nia nia, une augmentation qui achète ta fierté et tes convictions, 35€… Nia nia nia, serviette en soie… Ben n'empêche que cette nuit, ça avait pas l'air de la déranger que mes draps soient en soie ! Tsss… *(parlant en direction de la « douche »)* T'aurais pu venir dormir dans le canapé, hein, si le luxe te dérange !

THÉA

(loin, étouffée) Qu'est-ce que tu dis ?

MARTIN

(couard) Non, rien, je… je suis au téléphone…

Scène 3

Sonnette.

MARTIN

Entrez, c'est ouvert !

Entrée de Marine. Même jeu que les autres entrées avec les applaudissements.

MARINE

Bonjour Martin, je passais dans le quartier, je me demandais si tu étais levé…

MARTIN

Bonjour Marine, comme tu vois, je suis debout… mais pas tellement en tenue pour te recevoir, excuse-moi.

MARINE

C'est pas grave, je ne serai pas longue…

MARTIN

(en aparté) Tu parles…

MARINE

Quoi ?

MARTIN

Non, non, rien… Alors, qu'est-ce qui t'amène ? Dis-moi tout !

MARINE

(ménageant ses effets) Attends, attends, tu es bien assis ? Tiens-toi bien ! *(elle en fait des tonnes pour faire du suspens)* J'ai rencontré… Isabelle de Rumesmée !

MARTIN

(l'air presque intéressé, mais en fait non) Isabelle de…?

MARINE

Isabelle de Rumesmée ! Les vignes de Rumesmée ! Ne me dis pas que tu n'en as jamais entendu parler ! C'est une des familles les plus riches de la région !

MARTIN

D'accord, d'accord… Euh… Ben c'est chouette… Tu as prévu de la revoir ?

MARINE

Moi non, mais par contre… Elle a vu ta photo…

MARTIN

Oh non… Arrête de montrer ma photo aux gens, Marine… s'il te plaît.

MARINE

Elle voudrait te rencontrer ! Et elle aime beaucoup ta mère !

MARTIN

Mais moi aussi, j'aime beaucoup ma mère !

MARINE

Tu sais qu'elle s'inquiète beaucoup pour toi et pour ton avenir ! Surtout depuis que tu as eu la bêtise de quitter Laurence ! Elle n'a plus que toi, depuis la mort de ton père…

Martin semble blessé.

MARINE

Oh, je ne voulais pas dire ça, excuse-moi, mais c'est la vie, il n'était plus tout jeune…

MARTIN

Mais moi, je le suis beaucoup trop pour penser à me marier !

Théa entre, habillée, mais avec une serviette enroulée sur la tête.

THÉA

Tu parles encore de mariage ? C'est une sorte d'obsession chez toi, ou quoi ?

MARINE

(dédaigneuse) C'est qui, ça ?

Théa s'approche pour faire une bise, Marine lui tend la main pour la serrer.

THÉA

Salut, je suis Théa… Désolée, je ne pensais pas avoir à rencontrer tous les amis de Martin dès ce matin…

Pendant que Marine parle, Théa teste son haleine, en arrière.

MARINE

(à Martin, très sèche) Hmm. Bon. Je comprends maintenant tes réticences. (à Théa) Théa, c'est ça ? C'est un raccourci pour un vrai prénom, ou vos parents vous ont pris pour une déesse ?

THÉA

Une déesse ? Pourquoi ?

MARINE

Et bien, Théa, en grec, ça veut dire « déesse », enfin ! Vous n'êtes pas allée à l'école ou quoi ?

THÉA

(amusée) Ah ouais, ça veut dire « déesse » ? Eh, Martin, tu te rends compte un peu ce que tu avais dans ton lit, cette nuit ? *(elle mime un mouvement de griffes dans sa direction)*

Martin se décompose devant la colère grandissante de Marine.

MARINE

(après un temps, choquée) Et vous avez sûrement un patronyme, n'est-ce pas ?

MARTIN

C'est pas la peine, Marine *(laisse un temps)*, arrête, s'il te plaît…

THÉA

Ouais, j'ai un patronyme, c'est Chiégrosseconnasse. T'es à *(marque une pause pour qu'on entende bien le prénom « t'es à » / « Théa »)* chier, grosse connasse ! Ça te va ?

Martin n'en revient pas (libre interprétation, merci).

MARINE

(choquée) Et ben bravo ! Et ben bravo ! Mais quelle vulgarité ! *(à Martin)* Et toi, tu laisses ta… ta… ta catin me parler comme ça ?

MARTIN

(sous le choc) Théa… Théa n'est pas ma catin…

MARINE

(hystérique) Parce que je suis une grosse connasse, moi, peut-être ?!

Elle sort, hyper énervée, envoyant tout balader. Martin essaie de la suivre.

THÉA

À chier ! Tu oublies « à chier », t'es une grosse connasse *à chier* !

Scène 4

En rentrant, Martin va vers le canapé comme un zombie et s'assoit, catastrophé.

MARTIN

Je suis mort. Je suis mort, je suis foutu, fini, terminé !

THÉA

Tu n'es pas mort, Martin, qu'est-ce que tu racontes ?

Martin s'allonge sur le canapé comme en séance avec un psychologue.

MARTIN

Ma mère va me tuer !

THÉA

Quel est le rapport avec ta mère, Martin ?

MARTIN

Marine… c'est la filleule de ma mère !

THÉA

Et alors ?

MARTIN

Et alors ?! C'est ma mère qui me force à être ami avec elle… Comme ça, elle peut surveiller tout ce que je fais…

THÉA

Et tu la laisses faire ? Ça te gêne pas de lui laisser un tel accès sur ta vie ?

MARTIN

(se redresse) Bien sûr que ça me gêne ! Qu'est-ce que tu crois ?!

THÉA

Ben envoie-la chier, alors !

MARTIN

Arrête, c'est pas si simple…

THÉA

Qu'est-ce qui n'est pas si simple ? Attends, t'as déjà dit ça tout à l'heure, à propos de ton supérieur ! Ta mère aussi, elle t'a filé une promotion quand t'as accepté de laisser miss Grosse Connasse fourrer son nez dans ta vie ? Et depuis tu oses pas la contrarier, c'est ça ? Hein ?

MARTIN

(après un silence géné) L'appart' est à elle…

THÉA

NON ?! T'es pas sérieux, là ?! Tu vis chez ta… T'es un putain de gosse ! Je croyais que tu avais eu une super promotion et un énorme salaire !

MARTIN

Parce que tu crois que j'aurais pu avoir un appart' comme celui-là, même avec un gros salaire ? Non, il est à ma mère…

THÉA

Parce que c'est vrai que c'est super important d'avoir un appartement super grand quand on n'en a pas les moyens !

MARTIN

Tu disais pas la même chose, hier soir, quand t'es venue ! Tu as même sifflé d'admiration en entrant !

THÉA

Mais t'es con ou t'es con, Martin ?! Bien sûr, qu'il est beau, ton appart', mais tu te rends compte ce qu'il te coûte ? Enfin, c'est ta vie, je m'en fous, je vais prendre mes affaires et je me casse, je veux pas me prendre la tête. Comme tu l'as dit, c'est pas la peine… *(s'éloigne et s'arrête, songeuse, décrochant de son personnage)* Marine… la peine… Marine… *(illumination, en sortant)* Oh, putain, je viens de comprendre le jeu de mots… Pas la peine, Marine… Des blagues de papa, maintenant ?! *(criant vers les coulisses)* Qu'est-ce qu'il faut que je fasse pour sortir de cette pièce, s'il vous plaît ?!

Scène 5

Elle sort vers la chambre. Martin se tourne vers le public et décroche de son rôle.

MARTIN

Bon, vous avez sûrement compris que l'auteur va utiliser une troisième fois la même astuce : Théa est sortie en coulisses *(Théa sort la tête et fait coucou)*, moi, je suis pour la troisième fois seul sur scène, toujours dans ce pyjama ridicule, et un troisième importun va sonner, évidemment. Et vous devrez l'applaudir à son entrée. Théa arrivera pendant la discussion et il y aura une nouvelle embrouille et je vais encore passer pour un con. Voilà. Si vous voulez aller vous acheter un truc à manger viteuf, c'est le moment, il y a un kebab pas loin, mais revenez vite. Moi, je vais m'appuyer nonchalamment sur la table, là, et attendre que la sonnette sonne en… *(cherche autour de lui)* en buvant un jus d'orange, tiens. *(il se sert un jus d'orange et commence à le boire)* Croyez pas, ça fait partie de la mise en scène, tout ça, hein…

La sonnette sonne.

MARTIN

Entrez, c'est ouvert !

Laurence entre, se pinçant le haut du nez, entre les yeux, l'air de quelqu'un qui a mal à la tête. Jeu sur les applaudissements.

LAURENCE
Ah, bon sang, j'ai une affreuse migraine, tu pourrais baisser la lumière, s'il te plaît ?

Sans que personne ne bouge, la lumière baisse.

LAURENCE
Nom de dieu, comment t'as fait ça ?

MARTIN
Mon système électrique est sous contrôle psychique, j'avais vu ça dans *Star Trek*, quand j'étais gosse, j'ai toujours voulu avoir la même chose chez moi ! Bonjour Laurence ! Qu'est-ce qui t'amène ?

LAURENCE
Oh, pardon, bonjour, Martin ! Ah, que mon dos me fait souffrir ! Tu permets ?

Elle s'assied sur le canapé sans attendre.

LAURENCE
Ah, mais quelle idée as-tu de vivre au deuxième étage…

MARTIN
Tu n'as pas pris l'ascenseur ?

LAURENCE
Bien sûr que si ! Mais cet ascenseur me donne toujours la nausée…

MARTIN
Oh… Désolé…

LAURENCE

Martin, il fallait que je te parle !

MARTIN

Je me disais bien que tu n'étais pas venue juste pour vomir dans mon ascenseur…

LAURENCE

Oui… Martin, j'ai beaucoup réfléchi à notre situation…

MARTIN

Notre… situation ?

LAURENCE

(se levant) Ça ne peut plus durer, Martin… Ça fait des mois que notre couple est « en pause »…

MARTIN

En pause ? « Notre » couple ?! C'est pas une pause, Laurence, c'était une rupture… Et c'était l'an dernier !

LAURENCE

Je comprends bien ton besoin de respirer, Martin, peut-être que nous étions trop jeunes pour nous engager si vite…

MARTIN

(en allant s'asseoir à table, un peu désespéré) Je t'ai quittée, Laurence, c'est fini, souviens-toi, on en a déjà parlé… une dizaine de fois… Arrête avec cette histoire de pause ! Nous sommes restés ensemble seulement deux mois, il y a presque un an !

LAURENCE

Mais je te le dis, maintenant, j'en ai assez ! Si tu persistes, tu vas finir par me perdre !

MARTIN

Mais puisque je te dis que je m'en fous !

LAURENCE

Il faut bien que tu mûrisses un jour, Martin ! Je pense que c'est le bon moment ! Tu ne peux pas passer ta vie à avoir peur de l'engagement !

MARTIN

Est-ce que tu m'écoutes ?

LAURENCE

Tu sais que ta mère est exactement du même avis que moi ?

MARTIN

(pour voir si elle l'écoute) Tu pourras venir arroser mes rétroviseurs, cette semaine ?

LAURENCE

(sans réagir) Pourquoi as-tu si peur de te marier ? Pourquoi fuir ?!

Théa entre avec un sac, finissant de le ranger et de le fermer.

MARTIN

Mais c'est toi que j'ai fuie, pas le mariage !

THÉA

C'est incroyable, je ne peux pas tourner le dos deux minutes que tu parles déjà de mariage ?! Tu as pensé à consulter ? Tiens, bonjour ! Théa.

Elle s'avance pour faire la bise, puis pense qu'elle va encore se prendre un vent alors elle tend la main, que Laurence refuse de serrer. Pendant la réplique énervée de Laurence, Théa regarde sa main comme si elle avait quelque chose de bizarre, puis la passe dans ses cheveux.

LAURENCE

Alors là, c'est trop, Martin ! Que tu fasses ce que tu veux avec tes pétasses, c'est déjà difficile à admettre, mais passe encore ! Mais que tu fasses ça chez nous, sous mon nez, non, ça, je ne peux pas ! Il faut que tu arrêtes ça !

THÉA

Pétasse…? J'aime ce dimanche matin…

MARTIN

Chez… nous ?! C'est chez moi, ici, Laurence ! Je n'habitais même pas encore ici quand on était ensemble ! Tu n'as même pas la clé… *(Laurence semble embêtée, Martin hésite)* Tu ne l'as pas, n'est-ce pas…?

LAURENCE

Mais… Bien sûr que je l'ai, tu ne te souviens même pas me l'avoir donnée !

MARTIN

Mais je ne t'ai jamais donné la clé d'ici, Laurence !

THÉA

(essayant d'esquiver et se dirigeant vers la sortie)
Bon, c'est pas que je n'ai pas envie de participer à cette charmante conversation, mais je vais profiter de mon dimanche, salut…

LAURENCE

Attends un peu, pétasse, reste ici ! *(se mettant entre Théa et la sortie)* Comme ça, tu t'es crue autorisée à te farcir mon mec, madame sans-gêne ?

MARTIN

Mais je ne suis pas ton mec !

THÉA

Ouais, ben je t'assure que si j'avais su quel genre d'entourage il a, j'aurais évité…

LAURENCE

C'est moi l'entourage ? Vas-y, te gêne pas pour m'insulter, briseuse de ménage !

MARTIN

Mais il n'y a jamais eu de ménage, Laurence !

THÉA

(en regardant autour d'elle) Ça, je l'avais deviné en entrant…

LAURENCE

Eh, regarde-moi dans les yeux, quand je te cause, pouffiasse…

Elle continue à la chercher.

MARTIN

Je suis désolé, Théa, vraiment, hein…

Laurence saisit le bras de Théa et la force à se placer à côté d'elle, face à Martin, de préférence derrière le canapé.

LAURENCE

Martin, la situation a assez duré, maintenant, il faut que tu fasses un choix ! C'est elle ou c'est moi ! Et je te préviens, si je passe cette porte, tu ne me reverras plus jamais !

MARTIN

Mais, Laurence, il n'y a pas de choix à faire, je m'en fous, de toi !

LAURENCE

Martin, réponds clairement, c'est elle ou c'est moi ?

MARTIN

Mais puisque je te dis que je ne veux pas de toi !

LAURENCE

Tu esquives la question, réponds clairement !

Martin cherche le regard de Théa, l'air incrédule, haussant les épaules, impuissant.

MARTIN

OK, OK, c'est elle.

Laurence semble ne pas comprendre, elle laisse un temps.

LAURENCE

(immobile et choquée) Tu… Tu esquives la question… Réponds… clairement…

MARTIN

(surpris) Euh… C'est elle. C'est pas toi ! Tu t'en vas !

LAURENCE

Tu n'as pas compris la question ?

MARTIN

Si, si, j'ai très bien compris. Allez, tu as dit que je ne te reverrai plus jamais, zou !

Laurence semble enfin comprendre, elle se ressaisit, se redresse et se dirige vers la porte, en essayant de rester digne.

LAURENCE

Bien. Je vois. Puisque c'est comme ça… Je n'ai plus rien à faire ici. *(à Théa)* Tu vois ce qui t'attend ? Je te plains.

Elle sort. Un temps.

THÉA

Bon… Martin… À combien, précisément, tu estimes le nombre de tarés présents dans ta vie ? Ne me réponds pas trop vite, prends bien ton temps pour compter. Pour *tous* les compter.

MARTIN

Je suis vraiment désolé… Mais je crois que cette fois…

Laurence entre et s'effondre au milieu de la pièce.

LAURENCE

(en pleurant) Martin ! Je suis désolée ! Pardon !
Pardon !

MARTIN

Ah… ou pas…

LAURENCE

Martin, je t'en prie, pardonne-moi, je ne savais plus
ce que je disais, j'étais désespérée !

*Martin semble ne pas savoir quoi faire, puis, après
hésitation, s'approche de Laurence et la prend dans
ses bras pour la consoler. Théa, voyant ça, lève les
yeux au ciel, effarée.*

MARTIN

Là, là, c'est fini, là…

LAURENCE

Je suis vraiment une personne horrible, je suis
désolée !

MARTIN

Mais non, mais non…

LAURENCE

Tu ne m'aimeras vraiment plus jamais, Martin ?

MARTIN

Mais si, mais si…

Théa est de plus en plus effarée.

LAURENCE

C'est vrai, hein ?

MARTIN

Mais oui, mais oui… Là, ça va mieux ?

Ils se lèvent. Laurence a l'air bizarrement très vite consolée, elle continue à renifler un peu, mais ça se voit qu'elle fait la comédie.

LAURENCE

Oui, ça va mieux… Merci.

Elle se dirige vers la table et s'installe à la place de Martin, commençant à manger, regardant Théa avec un air victorieux. Théa regarde Martin d'un air incrédule. Martin hésite quelques secondes puis commence à entreprendre de montrer à Laurence qu'elle doit partir.

MARTIN

(hésitant) Euh… Merci d'être venue, Laurence…

LAURENCE

(se levant du tabouret) Oui, oui, je te laisse tranquille… Tu m'appelles, hein ?

MARTIN

Oui, oui, promis ! Passe une bonne journée.

Martin raccompagne Laurence, sur le chemin, elle tourne la tête, tire la langue à Théa et jette un bout de pain qu'elle avait gardé en main dans sa direction.

Scène 6

Martin revient sur scène, l'air fier de lui.

THÉA

C'était quoi, ça ?!

MARTIN

Tu as vu comme je nous en ai vite débarrassés ?

THÉA

Tu te fous de moi ? Tu la fous dehors et ensuite tu la câlines en lui disant que tu vas la rappeler, juste parce qu'elle pleurniche ? Tu appelles ça « t'en débarrasser » ? Tu te mets tout seul dans la merde, mon pauvre Martin !

MARTIN

Arrête, c'est pas si…

THÉA

Ne me dis pas que ce n'est pas si simple ! Elle aussi, elle te donne du fric ? Elle te paye… tes pleins d'essence ? Ton forfait internet ? Ton jus d'orange dégueulasse ?

MARTIN

Non, rien de tout ça…

THÉA

Ben alors ?

MARTIN

C'est juste que… je ne peux pas la laisser pleurer comme ça…

THÉA

T'as déjà vu une rupture sans larmes, toi ? Martin, elle s'en sert pour obtenir ce qu'elle veut de toi, ça s'appelle du chantage affectif, ce qu'elle te fait !

MARTIN

Je ne pense pas qu'elle soit si manipulatrice…

THÉA

C'est une femme ! Elle est naturellement manipulatrice depuis qu'elle a cinq ans, Martin !

MARTIN

(décrochant de son rôle) Avoue, tu détestes cette tirade !

THÉA

C'est pas drôle, allez, enchaîne ! S'il te plaît ! On a presque fini le premier acte !

MARTIN

Non, attends, les gens ont le droit de savoir que tu sautes systématiquement cette phrase en répèt', quand même…

THÉA

Allez, c'est débile et sexiste, c'est ça que tu veux m'entendre dire ? Ouais, je trouve cette histoire de femmes qui seraient toutes manipulatrices carrément abusée, mais bon, c'est le texte, alors je le dis, voilà… Allez, on embraye, c'est bon…

MARTIN

N'empêche, c'est pas complètement faux, sérieusement…

THÉA

Arrête… Tu vas me sortir quoi ? Hélène de Troie, Mata Hari, Marilyn Monroe, Eve Angeli ?

MARTIN

Eve Angeli ?

THÉA

Oui, elle peut pas être aussi conne naturellement, quand même… Tu vois, elle t'a eu, toi aussi !

MARTIN

Bon, ben… Par exemple…

THÉA

Non, honnêtement, pour *chaque* salope manipulatrice, il y a combien de filles adorables qui ne demandent qu'à être aimées ?

MARTIN

Bah… Ça dépend… Est-ce qu'on doit vraiment compter les moches, là-dedans ?

THÉA

OK, laisse tomber, t'as juste envie de me faire chier. Ça marche pas. Ça-ne-mar-che-pas.

MARTIN

Un peu quand même…

THÉA

Pas du tout. Allez, on reprend.

MARTIN

OK, OK. On en était où ? Tu veux bien redire ta dernière réplique ?

Un temps.

THÉA

Tu te moques de moi ?

MARTIN

(faussement choqué) Noooon !

THÉA

Tu sais très bien où on en est, c'est le moment où tu me réponds : « Tu crois ? » !

MARTIN

Allez, redis-le !

THÉA

Y'a pas moyen, insiste pas ! Bon, on va dire que tu as dit ta réplique, hein. *(raccrochant)* Bien sûr, Martin ! Enfin, je ne sais pas pourquoi on est encore en train de parler de ça, c'est ta vie, après tout, tu la mènes comme tu veux… Et moi, j'ai un dimanche ensoleillé qui m'attend, dehors. J'ai passé une excellente soirée, Martin. Bon, la matinée, c'était moins… Enfin, passe une bonne journée.

Elle l'embrasse sur la joue et se prépare à partir.

MARTIN

Attends…

THÉA

Quoi ?

MARTIN

On… On se reverra ?

THÉA

(incrédule) Tu déconnes ? *(un temps, elle voit qu'il ne déconne pas)* Écoute, Martin, *(montrant le public)* vue d'un de ces sièges, là-bas, cette matinée devait être assez amusante, je le reconnais…

MARTIN

OK, on se reverra pas, hein…?

THÉA

Peu probable. Désolée.

MARTIN

OK… *(soupir)* Ben, c'était une chouette nuit… Merci…

THÉA

Avec plaisir… Bonne journée.

Elle sort. Un temps. Martin reste songeur.

MARTIN

Tout le plaisir était pour moi…

NOIR

ACTE II

Scène 1

Martin seul sur scène, habillé, à table, parlant au téléphone en mangeant.

MARTIN

Non, mère, ce n'est pas… Non, pour la centième fois, je vous assure que je ne sais pas qui était cette fille que Marine vous dit avoir vue chez moi… Sûrement une folle, oui… Bien sûr que non, je n'accueille pas des filles dans mon appartement sans vous prévenir, mère ! Oui, elle avait dû entrer par une fenêtre, c'est ça… Ou par la cheminée, pourquoi pas, vous avez raison, c'est possible… Non, je ne me moque pas de vous, mère, je sais très bien que… Mais non, je… Mère ? Mère ? *(soupire et pose son téléphone, l'air très emmerdé)* OK… C'est la merde.

Sonnette.

MARTIN

Entrez, c'est ouvert !

Entrée de Théa.

THÉA

Salut…

Martin se lève rapidement, garde sa fourchette à la main.

MARTIN

Tiens, mais bonjour, re-bonjour, très bon jour ! Ça, pour une surprise !

THÉA

Oui, enfin, ne t'emballe pas trop, je passais dans le coin et je me suis rendue compte que j'avais oublié mon portefeuille ici, tout à l'heure… *(le voyant sur la table basse)* Tiens, je l'avais posé là, je ne sais plus pourquoi.

Elle va le récupérer.

MARTIN

Ça va bien ? Tu as passé un bon… repas de midi ?

THÉA

Oui, c'était très chouette… Enfin, dimanche, c'est en famille, chez moi… Mais bon, j'ai une famille normale… moi. Et toi ?

MARTIN

Hmm… Comment dire ? Ta présence ce matin a un peu chamboulé ma journée… Et… Je peux te demander un truc ?

THÉA

Je t'en prie.

MARTIN

Voilà, en fait, j'ai beaucoup réfléchi à tout ce qu'on a dit ce matin, à ma situation, au fait que tout est très compliqué maintenant… Et puis j'ai parlé avec ma mère, tout ça… Je me suis dit que dans les circonstances actuelles, la société, euh…Enfin,

comme on est dans une plutôt bonne conjoncture pour ça… et que… tu es là… Est-ce que… Bref… Par hasard… Tu voudrais pas m'épouser ?

Un silence. Elle le regarde un moment dans les yeux, sans réagir.

THÉA

(sautant soudain sur place en tapant dans ses mains joyeusement) Oh oui, oh oui, oh oui ! Comme c'est romantique ! Oh, j'espérais bien que ça arriverait, c'est pour ça que j'ai oublié mon portefeuille et que je suis revenue ici ! *(arrêtant brusquement son jeu)* T'es dingue ou quoi ?

MARTIN

C'est le seul moyen que j'ai trouvé pour arranger les choses et que ma mère ne me foute pas dehors de chez moi…

THÉA

De chez elle, plutôt…

MARTIN

Si tu préfères… Tu veux bien, alors ?

THÉA

Ah, mais t'étais sérieux. OK. Laisse-moi te montrer un truc.

Elle lui prend la fourchette, s'assoit sur le canapé et lui fais signe de la rejoindre en tapotant le coussin à côté d'elle. Il s'assoit, un peu raide et intrigué.

MARTIN

Euh, OK. Quoi donc ?

THÉA

Chut !

Elle lève une main et fait un signal vers la régie. Sonnette.

MARTIN

Entrez, c'est ouvert !

THÉA

Et voilà ! Tu vois ce que je veux dire ?

MARTIN

Hein ?

THÉA

C'est ta réponse toute faite ! « Entrez, c'est ouvert ! »

MARTIN

C'est toi qui a sonné ?

THÉA

Ouais.

MARTIN

Comment t'as fait ça ?

THÉA

Contrôle psychique, j'ai vu ça dans *Star Trek*, quand j'étais gosse, j'ai toujours voulu essayer… Mais bref, tu comprends ce que je veux dire ?

MARTIN

Pas du tout !

THÉA

Tu laisses ta porte ouverte à n'importe qui ! Tu ne vérifies jamais qui sonne avant de laisser entrer chez toi !

MARTIN

Non, c'est vrai, j'ai grandi comme ça…

THÉA

(le coupant) Et tu fais exactement pareil avec ta vie ! Tu as laissé n'importe qui entrer, squatter, s'incruster dans ta vie, sans te soucier des conséquences ! C'est pour ça qu'aujourd'hui, tu te retrouves finalement entouré de, excuse-moi, une bande de connards qui cherchent à tout contrôler !

MARTIN

Parce que tu crois que je ne le sais pas déjà, tout ça ?! Bon, tu ne m'as pas répondu et on perd du temps ! Tu veux bien m'épouser, s'il te plaît ?

THÉA

Non ! Arrête d'essayer de tordre la réalité pour qu'elle corresponde à ce que d'autres veulent de toi !

MARTIN

(décrochant de son personnage, prenant la fourchette des mains de Théa) Je suis quand même fan de ton texte, tu as tout le temps des répliques vachement percutantes !

THÉA

Ouais, ben c'est quand même super galère d'apprendre toute cette tartine !

MARTIN

À qui le dis-tu, je suis tout le temps sur scène ! Sauf que moi, mon texte me fait passer pour un con depuis le début ! Toi, au moins, t'as des phrases choc !

THÉA

Ouais, c'est vrai… Enfin, j'ai une grossièreté tous les trois mots, quand même… Ça, j'aime pas trop…

Entrée de Laurence, à cour.

LAURENCE

Franchement, les gars, vous plaignez pas, vous avez vu mon rôle ou quoi ? Tu te plains de passer pour un con, qu'est-ce que je devrais dire ? J'ai moins de texte, mais je passe pour une psychopathe hystérique…

MARTIN

C'est pas faux…

Édouard sort la tête des coulisses, derrière Laurence.

ÉDOUARD

Vous voulez jouer à « qui a le rôle le plus pourri » ? Je joue un intégriste religieux arriéré et homophobe ! Wouhou !

Marine sort des coulisses jardin, l'air pas commode.

MARINE

Dites, ça va, ouais ?! Vous vous croyez en répèt' ?! On peut reprendre ?

LAURENCE

Oui, t'as raison, désolée. Je vous laisse… À tout' !

Ils retournent tous en coulisses. Théa et Martin reprennent leurs personnages.

MARTIN

Et je suis censé faire quoi, alors ? Regarder ma vie s'effondrer sans rien tenter ?

THÉA

Parce que tu considères que te libérer de l'emprise de ta mère et de ton patron et enfin devenir un homme libre, c'est faire s'effondrer ta vie ?

MARTIN

(décrochant) Non, sérieux, il est terrible, ton texte !

MARINE

(criant depuis les coulisses) Putain, arrête ça, merde, je vais bientôt rentrer, là !

MARTIN

Oui, oui, pardon… *(raccroche)* Non, mais bien sûr, présenté comme ça, c'est facile à dire ! Mais regarde un peu, je vais me faire foutre dehors de mon appart', déjà !

THÉA

Un appart' que tu ne payes pas, je te rappelle…

MARTIN

Mais c'est que le début ! À cause de tes conneries, je vais sûrement perdre mon boulot aussi !

THÉA

Tu crois ?

MARTIN

Édouard est un peu con, je reconnais, mais faut pas abuser, il a bien compris qu'on se foutait de sa gueule, ce matin… Il m'a appelé, il a l'intention de passer dans l'après-midi pour en parler…

THÉA

Et c'est ma faute ?

Scène 2

Sonnette.

MARTIN

Entrez c'est… ouvert… *(piteux)* Désolé, je peux pas m'en empêcher, c'est un réflexe.

THÉA

J'ai connu un chien qui aboyait dès qu'il entendait frapper.

Entrée de Marine.

MARINE

(glaciale) Bonjour Martin. Théa…

THÉA

Oui, oui, je te déteste aussi, mais je m'en vais, t'inquiète…

MARTIN

Marine ! Qu'est-ce qui t'amène ici… encore ?!

MARINE

(prenant la fourchette à Martin) Je ne serai pas très longue. Je voulais juste te prévenir que tu auras sûrement un contrôle fiscal dans la semaine.

MARTIN

Quoi ?!

Marine utilise la fourchette pour avoir une attitude sensiblement menaçante, contrastant avec le ton de sa voix qu'elle voudrait bienveillant et raisonnable.

MARINE

Oui, désolée, en partant de chez toi, ce matin, je me suis dit que j'allais appeler mon oncle, tu sais, celui qui travaille au trésor public… Et je ne sais pas pourquoi, la conversation a dérivé sur ta dernière déclaration de revenus que je t'ai aidé à rédiger… Et du coup, je lui ai expliqué comment je t'avais fait un peu profiter des petits conseils pas toujours légaux qu'il m'avait donnés…

MARTIN

Tu te moques de moi, là ? C'est pas vrai, tu cherches à me faire peur, c'est ça ?

MARINE

(mielleuse) Mais attends, j'ai quand même une bonne nouvelle, tu vas voir à quelle point je suis une bonne amie !

THÉA

Oh, mais te fatigue pas, je suis certaine qu'il en est déjà convaincu…

MARINE

Je me suis renseigné ! Et, en fait, la femme de mon oncle, ma tante donc, son nom de jeune fille, c'est Rumesmée ! C'est la sœur de M. de Rumesmée ! Le père d'Isabelle ! Tu te souviens Isabelle, je t'en ai parlé ce matin et tu m'as demandé de te la présenter…

THÉA

Euh… C'est bizarre, je n'ai pas tout à fait le même souvenir de cette discussion…

MARINE

(écartant l'objection d'un geste négligeant de la main) Du coup, si tu la rencontres assez rapidement et que tout se passe bien, je ne pense pas qu'il oserait lancer une procédure fiscale à l'encontre d'un éventuel futur membre de sa famille, quand même !

THÉA

Tu as un dictionnaire, dans le coin, Martin ? Je voudrais vérifier la définition de chantage…

MARTIN

Tu es en train de me dire que si je refuse d'épouser ta cousine…

MARINE

Par alliance, Martin, cousine par alliance…

MARTIN

Tu me foutrais un contrôle fiscal sur le dos ?

MARINE

Je trouve que dans ta façon de le dire, ça sonne comme quelque chose de très amoral, une sorte… je sais pas… d'escroquerie…

THÉA

Alors qu'on en est très très loin…

MARINE

Alors que tu devrais surtout me remercier d'être spontanément venue te prévenir…

THÉA

Après l'avoir dénoncé…

MARINE

Et surtout d'avoir pris la peine de réfléchir à une solution.

THÉA

Solution qui se trouve être celle qui t'arrange…

MARINE

(se tournant vers Théa, menaçante) Bon, dis, la gueuse, tu veux bien arrêter tes commentaires idiots ? T'as pas compris que t'es pas dans ton monde, là ?

THÉA

Oh, excusez-moi, marquise, vous avez raison, que je suis sotte…

MARINE

Bref, voilà, je voulais simplement te prévenir, Martin, j'espère que tu prendras la bonne décision… Tu peux m'appeler quand tu veux.

Elle remet la fourchette dans la main de Martin et sort. Martin reste un peu interdit, perdu dans ses pensées, l'air vraiment emmerdé, pendant que Théa lui parle.

Scène 3

THÉA

Bon, faut que j'y aille aussi… *(essayant de détendre l'atmosphère avec une blague)* Je te remercie de ne pas avoir vendu mon portefeuille sur eBay…

MARTIN

Oui, oui, de rien… Euh, ben… salut, alors…

Martin reste complètement hébété. Théa s'en va en hésitant un peu, puis revient rapidement.

THÉA

(pour elle-même) Je sens que je vais regretter de m'en mêler, mais c'est plus fort que moi… Martin ? Martin ?!

MARTIN

(se réveillant peu à peu) Oui ? Quoi ?

THÉA

Je devrais vraiment pas m'en mêler, je ferais mieux de te dire de te démerder avec ta vie, d'en faire ce que tu veux et de m'en foutre, mais… Tu vas lui répondre quoi ?

MARTIN

Je sais pas…

THÉA

Tu as vraiment fraudé sur ta déclaration aux impôts ?

MARTIN

Il est possible que j'ai oublié de déclarer deux ou trois trucs, peut-être…

THÉA

Ben, vois la merde dans laquelle ça te fout…

MARTIN

Elle a peut-être raison… Ma mère a peut-être raison aussi… Il est peut-être temps que je pense à ma famille… À me marier…

THÉA

Martin, tu as envie de te marier ?

MARTIN

Non, mais c'est peut-être juste un caprice de gosse, je refuse de grandir, moi aussi…

THÉA

On n'est pas obligé de tous grandir *comme ça* ! Tu n'es pas obligé d'avoir la vie que ta mère veut que tu aies !

MARTIN

Bien sûr que si ! Et puis j'ai quel choix ? La laisser me foutre un contrôle fiscal ? Me faire saisir mes meubles pour payer ce que je dois ? Perdre tout ce que j'ai ?

THÉA

Ce que tu as, ce que tu as… Tu crois que t'as vraiment besoin de tout ça, pour vivre ?

MARTIN

Et si je suis heureux, comme ça ?!

THÉA

Tu confonds bonheur et confort ! Le confort matériel ne mérite pas les entraves qu'on peut s'imposer pour l'obtenir !

Ils décrochent de leurs rôles pour parler au public.

MARTIN

Alors, là, attention, j'espère que vous avez bien écouté et pris des notes, c'est *le* message social de la pièce, genre « l'argent ne fait pas le bonheur »… Parce qu'en fait, bien sûr, l'auteur de la pièce n'a pas un rond, et il voudrait se convaincre qu'il est heureux quand même…

THÉA

Ceci dit, « hypocrisie quand tu nous tiens », il ne croit pas un mot de son message, puisqu'il cherche à tout prix à vendre cette pièce… Et le plus cher possible… D'ailleurs, si vous êtes intéressés, n'hésitez pas à venir le voir à la fin du spectacle, il est très disponible…

MARTIN

C'est lui qui a ajouté ça dans ton texte ?

THÉA

Ouais. Et encore, au début, je devais dire son numéro de téléphone…

MARTIN

C'est vraiment une pute, ce type… Il aurait fait des pages de pubs, s'il avait pu ! On reprend ?

Ils raccrochent instantanément.

MARTIN

Je ne confonds rien du tout, arrête de croire que je suis idiot et que je me laisse manipuler sans y réfléchir deux minutes…

THÉA

Tu es en train d'envisager de te marier avec une meuf que tu ne connais même pas pour échapper à un contrôle fiscal et tu voudrais que j'arrête de te parler comme si tu étais idiot ?

Sonnette.

MARTIN

Entrez, c'est… *(en se frappant le front, ou autre réaction de colère contre lui-même, excepté le suicide)* Aaaah, mais c'est pas possible ?! *(à Théa)* Je n'ai jamais dit que j'allais le faire, j'ai juste dit que ça pourrait…

Entrée d'Édouard.

ÉDOUARD

Re-bonjour, Martin ! *(vers Théa)* Euh, Théa, c'est ça ? *(Théa acquiesce)* Bonjour.

MARTIN

Bonjour, Édouard, vous vouliez me voir…

ÉDOUARD

Oui, Martin, j'ai pensé à quelque chose, en partant tout à l'heure…

Il veut dire quelque chose mais la présence de Théa semble le déranger. Voyant cela, Théa prend la fourchette des mains de Martin et va s'asseoir à table, commençant à manger un peu dans l'assiette.

ÉDOUARD

(mystérieux) J'ai oublié de te dire qu'on avait une nouvelle manifestation, ce soir…

MARTIN

Ah bon ? Ce soir ?

ÉDOUARD

Enfin, c'est une manifestation un peu secrète, c'est pour ça que tu as dû me trouver un peu…

mystérieux, au téléphone, tout à l'heure… Il y aura un peu d'action… ça ne te gêne pas ?

MARTIN

Un peu d'action ? Comment ça ?

ÉDOUARD

A priori, il ne devrait rien arriver de fâcheux, mais bon, on ne sait jamais ce qui peut se passer, quand on fait du placardage d'affiches, en nocturne…

MARTIN

Du placardage…?

ÉDOUARD

Oui, j'ai fait imprimer quelques dizaines de très grandes affiches, au service de reprographie du bureau, pour…

Scène 4

Sonnette.

MARTIN

Eeeent… *(il se retient de dire ce qu'il voulait dire, et se tourne vers Théa avec fierté)* Ha ! Je ne l'ai pas dit !

Laurence entre quand même. Martin fige son expression de fierté.

LAURENCE

Re-bonjour, Martin ! *(serrant poliment la main d'Édouard)* Bonjour, Édouard, vous allez bien ?

(boudeuse, à Théa, de loin) Euh… Bonjour… mademoiselle…

Théa fait un signe de la main et laisse s'échapper la fourchette, maladroitement, qui tombe par terre après une belle trajectoire en l'air. Édouard s'avance et la ramasse, sans savoir quoi en faire.

MARTIN

C'est Théa, son prénom. Qu'est-ce qui se passe, Laurence ? Tu aurais pu attendre que je te dise d'entrer, quand même…

LAURENCE

Bah, c'est toujours ouvert, chez toi, tout le monde le sait… Je suis venue m'excuser pour ce matin. Je voulais que tu saches que je veux vraiment que nous soyons amis.

MARTIN

Ben, j'en suis ravi…

ÉDOUARD

Martin, je vais te laisser, je suis pressé, je compte sur toi, pour ce soir ?

MARTIN

Euh… Ce soir…

LAURENCE

Vous faites un truc ce soir ?

ÉDOUARD

On va coller des affiches contre l'avortement sur la façade d'un planning familial…

LAURENCE

Oh ? Vous allez faire ça clandestinement ? Ça a l'air excitant ! Tu y vas aussi, Théa ?

THÉA

Non, je peux pas, j'ai été dépistée positive à mon dernier test de QI…

LAURENCE

Oooh, ma pauvre amie… Comme ça doit être douloureux ! J'espère que ça te passera vite ! Et bien pour te prouver que je suis ton amie, Martin, moi, je viendrai avec vous ! Ça va être super !

MARTIN

Fabuleux.

LAURENCE

Je nous ferai des sandwiches !

ÉDOUARD

Super, Laurence, pense à t'habiller chaudement, et mets des baskets. *(il lui donne la fourchette)* Martin, je file, je te vois ce soir, c'est entendu, n'est-ce pas ? *(à Laurence)* Tu nous retrouves devant nos bureaux à 22h. À ce soir !

Il sort.

Scène 5

Théa regarde Martin, goguenarde.

THÉA

Et bien, toutes ces belles preuves d'amitié que tu reçois, aujourd'hui, ça fait chaud au cœur…

LAURENCE

Oui, Martin est très bien entouré, on l'aime beaucoup, il a beaucoup de chance.

THÉA

Tu parles d'une chance…

LAURENCE

Euh… Théa… Je voulais que tu saches… Je… Je m'excuse pour ce matin… *(précipitamment)* Je suis heureuse pour toi et Martin, j'espère que tu prendras soin de lui…

MARTIN

Euh, en fait, Laurence, on n'est…

LAURENCE

Je voudrais qu'on soit amis, tous les trois, tu crois que c'est possible ?

MARTIN

Ben, en fait… le problème…

THÉA

(se levant de table et s'avançant) Le problème, c'est que, tu vois, on était en train de se séparer, au moment où vous êtes intervenus, toi et Édouard.

LAURENCE

Oh, mon dieu, je suis désolée, j'ai mis les pieds dans le plat, alors… *(le sourire de Laurence n'a rien de désolé du tout)*

THÉA

Un peu, oui, mais c'est pas grave… *(à Martin, ignorant complètement Laurence)* Bon, du coup, tu vas faire quoi ?

MARTIN

Quoi, ce soir ? Ben… Tu crois vraiment que j'ai le choix ?

THÉA

Bien sûr que je crois que tu as le choix, c'est toi qui ne le crois pas…

LAURENCE

Ça va être tellement bien, ce soir, on va bien s'amuser, hein, Martin ! Je me sens comme… comme une pirate !

THÉA

(ironique) Ah, tu vas vraiment passer une soirée inoubliable, Martin… Un peu comme… comme si l'univers te récompensait de faire de si bons choix, dans ta vie…

LAURENCE

(à Théa) Oui, c'est exactement ça ! Quel dommage que tu ne viennes pas. *(à Martin, minaudant)* Ça sera juste toi et moi, Martin, ça va être trop bien !

MARTIN

(pas convaincu) Ouais… Super…

Un ange passe sur la scène (pas en vrai, hein). Laurence regarde les deux autres en souriant, l'air d'attendre qu'ils reprennent leur conversation, alors qu'eux attendent qu'elle s'en aille.

LAURENCE

Bon, euh, ben je vais y aller, je vais vous laisser tranquilles…

THÉA

Ben je vais bouger aussi, tiens, profiter de l'après-midi.

MARTIN

Ah, ben très bien… Je suis vraiment content de t'avoir revue, Théa…

THÉA

Je te souhaite bonne chance pour ta soirée.

Il s'approche d'elle et la serre dans ses bras, sans qu'elle puisse réagir. Au bout d'un moment, elle se dégage, mal à l'aise, fait un mouvement vers la sortie et regarde Laurence, l'air de l'attendre.

LAURENCE

Euh, pars devant, je te rejoins.

Théa sort, après un haussement d'épaules.

LAURENCE

À ce soir, Martin.

MARTIN

Euh, oui, à ce soir…

Il lui fait un sourire poli. Laurence attend ostensiblement d'avoir un câlin aussi. Martin ne le comprend pas ou fait semblant de ne pas le comprendre. Au bout d'un moment, Laurence perd patience.

LAURENCE

Connard !

Elle lui jette la fourchette et sort. Martin reste interdit.

NOIR

ACTE III

Scène 1

Le soir de la même journée. Martin au téléphone (portable), marche de long en large.

MARTIN

Oui, allô, Théa, j'espère que je ne te dérange pas, je sais qu'il est presque vingt-et-une heures. Je voulais savoir si tu voulais bien venir chez moi, ce soir… Oui, je sais, pour la troisième fois de la journée… Non, ce n'est pas un piège, non… Non, je ne compte pas te demander en mariage une nouvelle fois, non, tu as eu ta chance, c'est fini… Non, je voudrais simplement parler avec toi de quelques décisions que j'ai prises depuis ce midi… Je suis sûr que ça t'intéressera ! Oui, je sais qu'il y a *Dirty Dancing* à la télé… Écoute, je te le téléchargerai… Tu viens ? S'il te plaît ! Non, me dis pas « peut-être », je déteste les « peut-être » ! Bon… Bon, OK… J'espère à tout à l'heure…

Il raccroche son téléphone. Sonnette.

MARTIN

Eeeen… *(se retient)* Oui ? Qui c'est ?

MARINE

(depuis les coulisses) Quoi ?!

MARTIN

Ben, « qui c'est? », quoi ! Qui est là ?!

MARINE

Mais…? C'est Marine, enfin ! C'est bon, là, je peux entrer ?

MARTIN

Ah, attends, entre…

Il vient lui ouvrir (bruit de clés quand il « ouvre » la porte). Marine entre, suspicieuse.

MARINE

C'est nouveau, ça… Tu te méfies de qui frappe chez toi, maintenant ?

MARTIN

Ben, c'est normal, non ? Tu as eu mon message sur ton répondeur ?

MARINE

Oh que oui, je l'ai eu. Et tu es sûr de ta décision ?

MARTIN

Absolument.

MARINE

Bon, comme tu voudras. *(elle fait un signe à quelques spectateurs placés devant)* Vous, là, embarquez ceci. *(en désignant le piano)*

MARTIN

(décrochant de son personnage) Quoi ?! Qu'est-ce qui se passe ? Qu'est-ce qu'ils foutent ?! Qui c'est ?

Les quatre spectateurs désignés viennent sur scène, prennent le piano et l'amènent hors de la scène,

vers le public ou ailleurs, mais, en tout cas, pas dans les coulisses.

MARINE

J'ai prévenu ta mère. Elle ne veut pas que le piano de ton grand-père se fasse saisir, du coup, c'est moi qui le récupère. *(aux déménageurs, montrant l'endroit où le piano doit atterrir)* Ouais, mettez-le là-bas !

MARTIN

Non, mais ça, je m'en fous ! Mais ça, là, c'est n'importe quoi ! Ils sont venus du public ! On avait dit que c'était des figurants qui devaient faire ça, depuis la porte d'entrée, à jardin ! Tout le monde a bien compris qu'il n'y avait pas d'entrée par là, ils débarquent à travers les murs, tes potes !

MARINE

Ça va, on n'en a pas trouvé, des figurants, personne ne voulait attendre en coulisses pendant toute la pièce pour une apparition de trente secondes… En même temps, c'est pas étonnant… Et puis on n'a qu'à dire qu'il y a une grande fenêtre, à peu près par là et puis voilà ! Une baie vitrée ! Tu as une grande baie vitrée d'où tu vois toute la ville, dans ton super appart', t'es pas content ?!

MARTIN

C'est ça, ouais, et ils sont venus à mon étage avec leurs petites ailes, tes déménageurs ?! Mais regarde-moi ça, ils embarquent mon piano à travers les murs, c'est vraiment n'importe quoi ! Où est le

réalisme ? Quand est-ce que vous avez décidé ça ? *(parlant aux déménageurs improvisés)* Il n'y a pas de passage, là ! C'est censé être un mur depuis le début de la pièce ! *(à Marine)* Ils m'écoutent pas !

MARINE

On allait pas le foutre en coulisses, t'as vu la taille qu'elles font ? Tu crois vraiment que c'est le moment de discuter de la mise en scène, là, maintenant, sérieusement ? Allez, arrête de faire ton tatillon, pour une fois !

MARTIN

Mon tatillon ? Je fais mon tatillon ? C'est la meilleure ! Mais regarde-les ! Ils sont retournés s'asseoir dans le public, tranquilles, pour regarder la fin de la pièce au calme, sans dire un mot et on va plus les revoir ! Genre, pouf, déménageurs ninjas ! Aussitôt apparus de nulle part, *(en mimant une disparition ninja)* aussitôt disparus avec ton piano ! C'est ça, tes figurants ? Et faudrait les remercier, aussi, non ?! Ils n'ont même pas de costumes, putain !

MARINE

Bon, quand tu auras fini de t'offusquer pour des points de détail, on pourras peut-être continuer la pièce…

MARTIN

Des points de détail ? Des points de… Ben, tu portes bien ton prénom, toi ! *(raccrochant à son personnage)* Bon, qu'est-ce qu'il y a ?

MARINE

J'ai eu des nouvelles de mon oncle, tu auras ton contrôle fiscal demain matin.

MARTIN

Demain matin, carrément ?! C'est qui, ton oncle ? Le ministre du budget ? Comment il arrive à programmer un contrôle fiscal pour le lendemain ?! Il a privatisé le trésor public ?

MARINE

Peu importe. Tu peux encore revenir sur ta décision, si tu le souhaites. Isabelle de Rumesmée est vraiment une personne charmante ! Elle ferait une remarquable épouse et elle est encore fertile !

MARTIN

Qu'est-ce que tu veux que ça me foute ? Je ne la connais même pas ! Où as-tu vu des gens épouser des personnes qu'ils ne connaissaient pas ? Et dans quel monde les gens parlent de la fertilité les uns des autres ?

MARINE

Ta famille et la mienne, comme toutes les plus grandes familles, se sont bâties exactement sur ce genre de principes et de sacrifices, Martin !

MARTIN

Fabuleux, bel exemple, on voit comment ça a tourné ! Ceci dit, ta mère a eu de la chance, au moins, elle connaissait son futur mari, vu que c'est son cousin…

MARINE

Au second degré, Martin, c'est vraiment pas du tout la même chose…

MARTIN

Et vues leurs gueules, je pense que la défense du pedigree est une spécialité familiale depuis quelques générations !

MARINE

Je ne te permets pas…

MARTIN

C'est pas un arbre généalogique que vous avez, chez toi, c'est… une tresse ! Une tresse généalogique !

MARINE

Alors, ce n'est pas vrai du tout, nous avons un arbre très fourni et…

MARTIN

Je m'en fous, Marine, je n'épouserai pas ta cousine pour te faire plaisir, c'est tout ! Je n'ai pas la moindre envie de me retrouver au milieu du sac de nœuds que tu qualifies de famille et de vous fournir des petits crétins de plus !

MARINE

Mais ce n'est pas ma cousine, nous ne sommes pas du tout sur la même branche…

MARTIN

Sur la même mèche, tu veux dire !

MARINE

Mais tu es…! *(s'interrompant et soupirant)* Bon, d'accord, j'ai bien compris, tu ne veux pas te marier avec Isabelle, très bien. Je m'en vais et je ne te salue pas, voilà.

MARTIN

Je ne te salue pas non-plus, alors tu vas faire quoi, hein ?!

En passant, elle remarque la lampe qui était sur la table basse, la débranche et la prend.

MARINE

Tiens, ben je te prends cette lampe, aussi. Je l'aime bien et elle sera très jolie à côté du piano.

Elle se dirige vers la sortie.

Scène 2

Sonnette, Marine s'arrête avant de sortir. On entend un coup sourd et un cri de douleur étouffé. Puis des pleurs.

MARTIN

(hésitant, respire un grand coup) Qui c'est ?

LAURENCE

(depuis les coulisses, gémissant de douleur) Comment ça « qui c'est? » ?! Mais c'est Laurence !

Il se lève et se dirige vers la « porte ». Bruit de clés en coulisses (quand il déverrouille la porte).

MARTIN

Ah ! Attends. Entre !

Laurence entre, moulée dans une combinaison moulante et noire, un sac à dos sur le dos. Elle se tient le nez. Elle a du sang sur la main. Marine se précipite pour lui apporter un mouchoir qu'elle prend sur la table basse.

MARINE

Mon dieu, ma pauvre Laurence !

LAURENCE

Pourquoi tu as fermé à clé ? Tu ne fermes jamais à clé, d'habitude !

MARINE

Ah ! Moi aussi, j'ai trouvé ça bizarre !

LAURENCE

Mon nez me fait mal, il est sûrement cassé, à cause de toi !

MARTIN

C'est quoi cette tenue ?

LAURENCE

Ben c'est pour ce soir, notre sortie clandestine…

MARTIN

Pas du tout suspect… On dirait les Cat's Eyes qui s'apprêtent à cambrioler un musée…

Laurence tourne sur elle-même comme pour se montrer, en essayant maladroitement de se mettre en valeur, pour draguer Martin (j'explique pour

ceux qui n'auraient pas compris), mais toujours en tenant le mouchoir contre son nez.

LAURENCE

J'ai trouvé ça dans mes affaires, je ne pensais pas y rentrer encore… *(toujours allumeuse mais maladroite, elle cherche à mettre ses seins en évidence)* Ça coinçait un peu au niveau de la poitrine… Par contre… *(décrochant de son personnage, elle se gratte l'entrejambe sans enthousiasme, comme forcée)* Oh, la la, qu'est-ce que mes sous-vêtements premier prix me démangent… c'est inconfortable.

MARTIN

(à contrecœur) Ça, c'est parce que tu n'as pas acheté les derniers slips Sloggy sans couture. Leur confort est tel qu'on ne les sent même pas, sous nos vêtements…

Édouard entre, en slip, à contrecœur, et traverse la scène.

ÉDOUARD

(atone) C'est comme si j'étais nu. Quelle liberté.

Il fait un petit saut de biche, toujours sans enthousiasme et prend la pose. Marine va chercher un panneau Sloggy en coulisses et le brandit, en arrière.

MARTIN

En plus, parce que les entreprises Sloggy ont à cœur de se procurer leurs matières premières au meilleur

prix, les slips Sloggy restent parmi les moins chers du marché. Surtout que cette semaine, pour l'achat de deux slips, le troisième est gratuit.

LAURENCE

Super. Je finis cette pièce et je cours m'acheter un lot de slips Sloggy…

Théa fait une mauvaise musique de jingle de pub en sortant la tête des coulisses, aussi blasée que les autres. Marine jette le panneau en coulisses et reprend la lampe, Édouard sort à cour. Martin, Laurence et Marine reprennent leurs personnages.

MARINE

Je…

LAURENCE

(cherchant dans son sac à dos) Je nous ai fait des sandwiches, comme je te l'avais dit…

Petit à petit, Laurence s'est débrouillée pour coincer son mouchoir dans sa narine, de sorte qu'elle n'ait rapidement plus besoin de le tenir. Elle finit par se servir de ses deux mains pour faire ce qu'elle veut, laissant pendre ridiculement son mouchoir tâché de ketchup sans en avoir conscience. Marine, elle, reste en fond, sans bouger, sans parler, l'air pas à l'aise.

MARTIN

Ah oui, d'ailleurs, euh, Laurence, à propos de ce soir…

LAURENCE

Je sais, je sais, je me suis permise de venir un peu plus tôt que ce que tu m'avais dit pour qu'on ait un peu de temps tous les deux… Après une rupture, on a toujours besoin de l'épaule d'une amie… J'ai même prévu ma brosse à dents, au cas où je resterais dormir ici ! *(elle fouille dans son sac)*

MARTIN

Euh… C'est super… hum… Mais…

LAURENCE

(sortant une brosse à dents de son sac) Regarde, je l'ai là ! Je vais la poser dans la salle de bain, tout de suite, tant que j'y suis !

Elle se dirige vers les coulisses cour, Martin l'intercepte en la retenant par le bras.

MARTIN

Laurence, j'ai appelé Édouard, tout à l'heure, pour lui dire que, finalement, je n'avais plus l'intention de l'accompagner ce soir… Je t'ai appelée pour te le dire, tu n'as pas écouté ton répondeur ?

LAURENCE

Non, je ne l'ai pas écouté, parce que j'étais sûre que c'était pour me dire de ne pas venir et je savais bien que ce n'était pas du tout ce que tu voulais, au fond de toi !

MARTIN

Mais c'était le cas, ce n'était pas la peine que tu viennes…

LAURENCE

Tu vois, heureusement que je ne l'ai pas écouté, je
ne serais pas venue, s'il ne s'en était tenu qu'à toi !

MARTIN

Tu te rends compte que tu es en train de me dire que
tu sais mieux que moi ce dont j'ai envie ou besoin ?!

LAURENCE

Que veux-tu, vous êtes comme ça, les hommes,
heureusement qu'on vous connaît bien ! D'ailleurs,
j'ai oublié mon pyjama, tu pourras me prêter un
grand tee-shirt, n'est-ce pas ?

MARTIN

Bon, attends, ça me perturbe. Pourquoi Marine est
toujours là ? *(à Marine)* T'es pas censée être là,
dans cette scène, qu'est-ce qui se passe ?

MARINE

Aaah, quand même, tu te réveilles, Einstein ! Et beh
non, je devrais pas être là, mais vous m'avez encore
coupé la réplique que je dois dire en sortant, alors
cette fois, je reste là, voilà, ça vous apprendra, na.

MARTIN

Oh, merde, je suis vraiment désolé…

MARINE

(très énervée, elle jette la lampe vers Martin) Et beh
oui, t'es désolé, comme d'habitude ! *(elle attrape
tout ce qui peut lui tomber sous la main et le jette à
la tête de Martin en le poursuivant)* Putain, six
mois, qu'on bosse cette pièce, et t'es toujours pas

foutu de me laisser dire mes putains de phrases au bon moment, quoi ! C'est quand même pas compliqué, ça, tu lis ton texte, tu regardes un peu et, "oh, tiens, là, Marine a une phrase, ça arrive pas souvent, on pourrait peut-être la laisser la dire", putain ! Non ? Même pas ? Et bien voilà, vous m'avez encore complètement sabré mon texte, vous vous démerdez, maintenant, moi, je reste là, vous finissez la scène avec moi *ici*, je vous emmerde, voilà, j'en ai marre, putain !

Elle fout le bordel sur scène et s'assoit sur le canapé, super énervée. Si des trucs lui tombent encore sous la main, elle peut les balancer aux têtes des autres comédiens. Même si c'est lourd ou dangereux.

MARTIN

Ooooookay… Si tu veux, on te laisse dire ta phrase maintenant et comme ça, tu peux sortir… Non ?

MARINE

Non, non, non, tu vas te faire foutre, c'est trop tard, maintenant !

Elle s'allume une cigarette, sort son téléphone portable, pose ses pieds sur la table basse, fait des trucs comme ça.

MARTIN

(très emmerdé) Bien, bien, bien… euh… *(cherche son texte)* Oui, donc je disais que j'avais appelé Édouard pour lui dire que j'y allais pas…

MARINE

Tu l'as déjà dit, ça !

MARTIN

Oui, oui, bon, ça va, je réfléchis, OK ?

MARINE

Pauvre naze !

LAURENCE

On en est au moment où je te dis que j'avais eu raison de pas écouter mon répondeur…

MARINE

Ce que tu fais aussi dans la vraie vie, d'ailleurs, hein… On t'a appelé quinze fois, cette après-midi… Après tout, c'était juste la toute dernière répétition avant la représentation, hein ?! Tu faisais quoi ?

LAURENCE

Bon, ça va, tu nous laisses finir, s'il te plaît ? T'as fait ta crise, OK, on a compris, mais il y a des gens qui ont payé pour venir voir cette pièce, tu respectes, au moins…

MARINE

Putain, les pauvres, payer pour voir des losers comme vous… *(au public)* Vous vous êtes bien fait niquer, sur ce coup, hein ?

Édouard (toujours en slip) et Théa entrent sur scène pour essayer d'amener Marine en coulisses de force.

ÉDOUARD

Bon, ça suffit, toi, maintenant, tu arrêtes ton caprice et tu sors de là !

Ils saisissent chacun un bras et essaient de l'entraîner en coulisses. Marine lutte et crie, ça dégénère et tourne en pugilat, Laurence et Martin étant entrés dans la lutte en attrapant une jambe chacun.

Scène 3

Sonnette. Théa, Édouard et Marine arrêtent leur dispute, figés, sans comprendre. Tous les comédiens regardent vers la régie, incrédules.

LAURENCE

Quoi ? On finit même pas notre scène ?

ÉDOUARD

Attends, on passe directement à mon entrée ? J'ai même pas eu le temps de me rhabiller !

MARINE

Évidemment, si tu n'avais pas passé trois heures à te pavaner en slip dans les coulisses en espérant qu'on te regarde… Comme si t'avais une chance d'intéresser une seule des filles de la pièce, pauvre minable !

Théa pouffe discrètement. Édouard, vexé, regarde tout le monde, rapidement.

ÉDOUARD

Mais non, mais pas du tout, c'était pas ça du tout…

Laurence pouffe à son tour.

ÉDOUARD

Mais arrêtez, c'est pas vrai, je faisais pas ça, c'est juste que… c'est… je… mais… mais je retrouvais pas mes affaires…

Les filles éclatent de rire, Marine ouvertement, Théa et Laurence plus gênées. Martin se mord les lèvres en regardant ailleurs.

ÉDOUARD

(au bord des larmes) Allez, arrêtez, quoi ! C'est pas… c'est… Mais…

Il sort de scène en courant et pleurant.

LAURENCE

Oups…

La sonnette insiste, sonne plusieurs fois.

THÉA

Oui, bon, ça va, on a compris, mais là, Édouard, il s'est barré…

MARINE

T'inquiète pas, je vais te le faire, moi, Édouard…

Elle va en coulisses. Théa la suit précipitamment.

MARINE

De toute façon, ça pourra pas être pire que… Oh, ben ça alors, quelle chance, j'ai retrouvé ses vêtements ! Ils étaient cachés sur une chaise, dites donc…

Un flottement, tout le monde attend. Marine finit par sortir la tête des coulisses.

MARINE

(s'adressant à la régie) Tu nous remets un petit coup de sonnette, s'il te plaît, mon chou ? Fais ton boulot correctement, quand même, hein, c'est pas la kermesse, ici…

Sonnette.

MARTIN

Qui c'est ?

MARINE

(caricaturant le personnage) C'est Édouard, et, euh, oh la la, je suis très surpris que tu ne me laisses pas entrer comme d'habitude alors je le souligne bien pour que les gens comprennent que ce n'est pas comme d'habitude et que ça me surprend beaucoup.

MARTIN

Entrez, je vous en prie, Édouard.

Marine entre, en exagérant son imitation de l'autre acteur. Elle a mis la chemise d'Édouard et la veste, par dessus son costume.

MARINE

Euh, oui, euh, salut tout le monde, euh, je suis un connard de mec de droite qui aime pas les pédés et les salopes qui avortent… Et euh… Vive Jésus.

MARTIN

(essayant de rattraper) Hem… Bonsoir, Édouard…
Je ne pensais pas que vous viendriez ici, comme je
vous ai appelé, cet après-midi pour vous dire que je
ne viendrai pas avec vous ce soir…

MARINE

Oui, oui, bien sûr, mais tu vois, je suis venu parce
que, quand même, fallait bien que je montre ma
gueule au troisième acte aussi…

MARTIN

Mais… euh… Vous êtes venu pour me dire quelque
chose, peut-être…?

MARINE

Ah, ben oui, sûrement ! Oui, oui, je suis venu pour
un truc bien précis ! Tellement précis que tu dois
pouvoir le deviner tout seul, non ? Allez, dis-moi
ma couille, à ton avis, de quoi je voulais te parler ?
Indice : c'est peut-être d'une énième manif de vieux
rétrogrades qui sentent le moisi ! Je dis ça, je dis
rien !

MARTIN

Quoi ? *(comprenant qu'elle ne connaît pas le texte
d'Édouard)* Euh, ben, vous vouliez sûrement plutôt
me parler de boulot, n'est-ce pas ?

MARINE

Ah, voilà, c'est ça ! Alors écoute, il n'y a pas de
bonne façon de te dire ça, alors euh, je voulais te
dire que t'étais viré, mon p'tit père. Voilà. Bon, ça

paraît méchant, dit comme ça, mais pense quand même que ce sera pas la peine de te lever tôt, demain, alors c'est plutôt cool, non ? Vive le pape !

MARTIN

(essayant toujours de jouer bien) Quoi ?! Vous ne voulez pas plutôt dire que vous allez me passer à mi-temps et me sucrer mon augmentation ?!

MARINE

Ouais, voilà, si tu insistes, on n'a qu'à dire ça ! J'étais pas loin, hein ?!

LAURENCE

(s'approchant, les bras écartés) Oh non, mon pauvre Martin !

Martin la repousse.

MARTIN

Mais non, pas tout de suite ! Elle dit même pas la moitié du texte, aussi… *(cherche)*

MARINE

(voix normale) Eh, oh, tu te calmes, c'est pas mon texte, je te signale, hein !

MARTIN

Et euh, donc, en plus de ça, vous accepteriez éventuellement… ma démission… si je voulais bien la poser…

LAURENCE

(s'approchant à nouveau) Oh non, mon pauvre Martin…

MARTIN

(la repoussant encore) Mais non ! Attends ! *(cherche)* si je voulais bien la poser, ma démission, donc… demain matin… sans la moindre prétention quant aux indemnités et tout ça, bien entendu…

MARINE

Voilà, c'est ça. En gros, je te la fais à l'envers parce que t'as été vilain ! Ça te la coupe en quatre, hein, mon salaud ? Comment tu vas t'en sortir, là, hein ?

LAURENCE

(même jeu) Oh non, mon pauvre Martin !

MARTIN

(la repoussant d'abord) Mais non ! *(hésitation)* Attends, si, si, c'était là, reviens !

Il lui fait signe de revenir.

LAURENCE

Bon, tu sais ce que tu veux, oui ?

Elle lui fait un câlin.

Scène 4

Sonnette. Martin repousse Laurence.

MARINE

Ouh, on se demande qui ça peut bien être !

MARTIN

Oui ? Qui c'est ?

THÉA

(depuis les coulisses) C'est Théa, tu m'as appelée tout à l'heure.

MARTIN

Oui, tu tombes bien, entre !

THÉA

J'espère que tu as une bonne raison de me faire venir ici à cette heure…

MARTIN

Oui, oui, ne t'en fais pas… Tu te souviens de Laurence et d'Édouard, je suppose…

THÉA

Cette coiffure vous va beaucoup mieux que celle que vous aviez ce midi, Édouard…

MARINE

Oui, je sais, et je ne vous raconte pas l'enfer que c'est pour trouver un coiffeur ouvert un dimanche après-midi…

THÉA

Oh, c'est sûr que ça doit être compliqué, en effet ! *(sans conviction)* Dites-m'en plus sur le sujet, je trouve cela terriblement intéressant et il nous faut gagner du temps…

LAURENCE

(à Marine) Euh… Hem, "Édouard" ? Savez-vous, et je dis cela en passant, pour le plaisir de l'anecdote, que Marine devrait bientôt faire son entrée…?

MARINE

Ah, ben oui, tiens, ça va être rigolo, ça !

Édouard remonte sur scène, toujours en slip, traverse rapidement la scène en bousculant ceux qui sont sur son passage pour aller en coulisses.

ÉDOUARD

(sur son passage) Vous en faites pas, je vais vous la faire, moi, la Marine…

MARINE

(chantonnant) Tout ce que je fais, mon âne, mon âne…

MARTIN

(quand Édouard est en coulisses) Euh, bref, je disais donc que je suppose que tu te souviens de ces deux-là… Et euh… Tu veux quelque chose à boire, peut-être ?

THÉA

Non, merci, viens-en aux faits…

MARTIN

Et bien justement, depuis mon appel tout à l'heure, les choses se sont comme qui dirait un peu… emballées…

THÉA

Emballées ? Qu'est-ce que tu entends par « emballées » ?

MARINE

Ben ça fait plaisir de voir qu'il y a des scènes de cet acte que vous connaissez un peu, vous…

Sonnette.

MARINE

Oh, mais ça n'arrête pas !

MARTIN

Oui ? Qui est-ce ?

MARINE

Non, mais c'est bon, entre, on a compris, ça devient relous, les métaphores à deux balles !

THÉA

Rhoo, mais arrête !

Édouard entre, habillé avec une robe de fille.

ÉDOUARD

Oui, alors je suis une fille méchante, manipulatrice et super coincée, et je reviens comme par hasard pour te piquer un nouveau bibelot pourri…

MARINE

Oh, attends, qu'est-ce que tu fous avec ma robe ?

ÉDOUARD

Je l'ai trouvée dans les loges, elle me va bien, hein ? Je l'étire à peine, elle a craqué juste un petit peu quand je l'ai mise ! Alors, qu'est-ce que je pourrais te piquer avant ce fameux contrôle des impôts ?

Il regarde autour de lui, songeur.

MARINE

Non, mais attends, on joue pas avec les affaires des autres, merde ! Tu me rends ça !

ÉDOUARD

Tiens, la table basse, là, elle ira très bien dans mon salon pour que mon mari repose ses pieds en lisant le Figaro… *(il prend la table basse)* Oh, tiens, ça craque aussi quand je me penche !

Marine le suit, décidée à en découdre.

MARINE

Oh, je déconne pas, tu enlèves ma robe de suite, mec ! Me force pas à te l'enlever devant tout le monde !

ÉDOUARD

Tu dis ça parce que tu veux me revoir en slip, c'est tout !

Elle se jette sur lui et essaie de lui enlever la robe. Il se défend en la tapant avec la table basse puis court autour de la scène pendant qu'elle le poursuit. Ils crient.

MARINE

Enlève ma robe, putain !

ÉDOUARD

Me fais pas courir ! Je transpire ! Je transpire !

Laurence profite de la confusion pour se jeter sur Martin et le serrer dans ses bras, sans qu'il ne puisse rien faire. Théa regarde tout ça sans bouger.

Finalement, Martin pousse Laurence, monte sur le canapé et crie. Tout le monde s'arrête et le regarde.

MARTIN

Oooh ! C'est fini, oui ? Laurence, je te le répète depuis le début de la pièce, je n'en ai rien à foutre de toi et de tes chantages affectifs, va au diable ! *(hésite entre Édouard et Marine)* Édouard, passer à mi-temps me va très bien, j'avais justement l'intention de me mettre à la peinture, comme ça j'aurai du temps ! En plus, je pourrai dénoncer vos détournements des fonds de notre entreprise au profit de vos manifestations rétrogrades ! Marine, pareil, rien à foutre de ton contrôle fiscal, je paierai ce que je dois, en n'oubliant pas de t'impliquer dans l'affaire et tu peux te foutre ta cousine là où je pense. Voilà ! Et surtout, je n'oublie personne ! *(Il sort son téléphone portable, compose un numéro et attend. Après un moment de flottement, il fait un geste pour faire patienter)* Oui, ben je sais, ça casse le rythme, c'est bon, attendez, ça sonne… Allô, mère ? C'est Martin ! Oui, je sais qu'il est tard. Mais je voulais vous dire un truc : je fais régulièrement venir des filles chez moi pour les *baiser*. Je les ai *baisées* sur tous les meubles de votre appartement, y compris le piano de votre père ! Voilà. Et je n'ai pas l'intention de me marier, jamais, je veux juste *baiser*. Et je vous méprise, je méprise toutes vos valeurs, et je ne vous ferai jamais de petits-enfants parce que je déteste les enfants ! Ah, oui, et père vous a trompée avec votre mécanicien jusqu'à sa

mort ! Oui, j'ai bien dit le mécanicien, parce que père a toujours préféré les hommes ! Et même moi, une fois, j'ai… Allô ? Allô ? Quoi ? Oui, c'est Martin… Quoi ? Aaah, c'est vous, grand-mère ? Oooh, pardon, je croyais parler à ma mère, désolé… Quoi ? Oui, bonsoir, oui… Et bien oui, ça va bien, oui… Oui, il fait un peu frais, en ce moment, oui… Oui, le travail ça va bien, oui… Vous pouvez me passez votre fille, s'il vous plaît ? Ah ? Mince, non, ne la réveillez pas, tant pis, je la rappellerai demain… Quoi ? Ah, vous transmettrez le message ? Vous êtes sûr que vous vous souvenez de tout ? Non, c'est bon, je vous fais confiance, pas la peine de tout me répéter, non… Bon… Ben tant qu'à y être, du coup, vous pouvez lui dire que je l'emmerde, aussi ? Parce que ça faisait partie du message… Allô ? Allô ? *(range son téléphone dans sa poche)* Bon, elle a raccroché… Sont mal élevés, ces vieux…

Personne ne bouge, sur scène, pendant un petit moment de silence.

MARTIN

Marine… Quand j'ai dit « sur tous les meubles »… ça incluait la table basse.

Édouard jette la table basse avec dégoût.

NOIR

ÉPILOGUE CONCLUANT

La lumière se rallume. Théa et Martin sont seuls sur scène, dans le salon dévasté.

THÉA

C'était… intéressant.

MARTIN

Bon, vu l'heure et tout ce que j'ai fait pour te plaire, tu restes dormir, maintenant, au moins, non ?

Théa soupire, récupère ses affaires tourne le dos et s'en va sans dire un mot, désespérée. Martin reste seul.

NOIR et **FIN**

FSC
www.fsc.org
MIXTE
Papier issu
de sources
responsables
Paper from
responsible sources
FSC® C105338

© 2021, Arquier, Ceddrik
Edition : Books on Demand,
12/14 rond-Point des Champs-Elysées, 75008 Paris
Impression : BoD - Books on Demand, Norderstedt, Allemagne
ISBN : 9782322267224
Dépôt légal : mars 2021